CHOIX
DE CANTIQUES

POUR

RÉUNIONS D'HOMMES

QUIMPER

IMPRIMERIE ARSÈNE DE KERANGAL

CHOIX DE CANTIQUES.

N° 1   INVOCATION AU SAINT-ESPRIT.

Refrain :

Esprit-Saint, descendez en nous,
Embrasez notre cœur de vos feux les plus doux.

Sans vous notre vaine prudence
Ne peut hélas ! que s'égarer ;
Ah ! dissipez notre ignorance ;
Esprit d'intelligence, venez nous éclairer.

Le noir enfer, pour nous livrer la guerre,
Se réunit au monde séducteur ;
Tout est pour nous embûche sur la terre :
Soyez, soyez notre libérateur !

Enseignez-nous la divine sagesse,
Seule elle peut nous conduire au bonheur.
Dans ses sentiers, qu'heureuse est la jeunesse,
Qu'heureuse est la vieillesse !

N° 2   POUR L'INSTRUCTION.

Un Dieu vient se faire entendre,
Cher peuple, quelle faveur !
A sa voix il faut vous rendre,
Il demande votre cœur.

Refrain :

Accourez, peuple fidèle,
Venez à l'instruction ;

Le Seigneur qui vous appelle,
Veut votre conversion.

Dans l'état le plus horrible
Le péché vous a réduits ;
Mais à vos malheurs sensible,
Dieu vers vous nous a conduits.

Sur vous il fera reluire
Une céleste clarté ;
Dans vos cœurs il va produire
Le feu de la charité.

Trop longtemps hélas ! le crime
A pour vous eu des attraits ;
Qu'un saint désir vous anime
De le bannir pour jamais.

Loin de vous toute injustice,
Loin, toute division ;
Que partout se rétablisse
La concorde et l'union !

Du blasphême et du parjure,
Montrez une sainte horreur ;
Plus en vous de flamme impure,
N'aimez plus que la pudeur.

Evitez l'intempérance,
Et tout plaisir criminel ;
Que chacun enfin ne pense
Qu'à son salut éternel.

Sans tarder, changez de vie ;
Sur vos maux pleurez, pécheurs ;
C'est Dieu qui vous y convie.
N'endurcissez point vos cœurs.

Quel bonheur inestimable,
Si, plein d'un vrai repentir,
De son état misérable
Tout pécheur voulait sortir !

Ah ! Seigneur, qu'enfin se fasse
Ce désiré changement ;
Dans les cœurs, par votre grâce,
Venez agir fortement.

Brisez, ô Dieu de clémence,
Leur coupable dureté ;
Qu'une sainte pénitence
Lave leur iniquité !

N° 3   ## LE SALUT.

Travaillez à votre salut,
Quand on le veut il est facile ;
Chrétiens, n'ayons point d'autre but,
Sans lui tout devient inutile.

Refrain :

Sans le salut, pensez-y bien,
Tout ne vous servira de rien.

Oh ! que l'on perd en le perdant,
On perd le céleste héritage ;
Au lieu d'un bonheur ravissant,
On a l'enfer pour son partage.

Que sert de gagner l'univers,
Dit Jésus, si l'on perd son âme,
Et s'il faut au fond des enfers,
Brûler dans l'éternelle flamme !

Rien n'est digne d'empressement,
Si ce n'est la vie éternelle.
Hélas le bonheur d'un moment
N'est rien pour une âme immortelle.

C'est pour toute une éternité
Qu'on est heureux ou misérable,
Que devant cette vérité,
Tout ce qui se passe est méprisable !

Grand Dieu, que tant que nous vivrons
Cette vérité nous pénètre.
Ah ! faites que nous nous sauvions
A quelque prix que ce puisse être.

N° 4   LES COMMANDEMENTS.

Commandements de Dieu.

Un seul Dieu tu adoreras,
Et aimeras parfaitement.
Dieu en vain tu ne jureras,
Ni autre chose pareillement.

Refrain :

Conserve-la bien gravée en ton cœur,
Pour faire ton bonheur,
La sainte loi du Créateur.

Les dimanches tu garderas,
En servant Dieu dévotement.
Tes père et mère honoreras,
Afin de vivre longuement.

Homicide point ne seras,
De fait ni volontairement.
Luxurieux point ne seras,
De corps ni de consentement.

Le bien d'autrui tu ne prendras,
Ni retiendras à ton escient.
Faux témoignage ne diras,
Ni mentiras aucunement.

L'œuvre de chair ne désireras,
Qu'en mariage seulement.
Biens d'autrui ne convoiteras,
Pour les avoir injustement.

Commandements de l'Église.

Les fêtes tu sanctifieras,
Qui te sont de commandement.
Les dimanches messe ouïras,
Et les fêtes pareillement.

Tous tes péchés confesseras,
A tout le moins une fois l'an.
Ton Créateur tu recevras,
Au moins à Pâques humblement.

Quatre-Temps, Vigiles jeûneras,
Et le Carême entièrement.
Vendredi chair ne mangeras,
Ni le Samedi mêmement.

 ### LE CHRÉTIEN.

Refrain.

Je suis chrétien ! voilà ma gloire,
Mon espérance et mon soutien,
Mon chant d'amour et de victoire :
Je suis chrétien ! Je suis chrétien !

Je suis chrétien, à mon baptême
L'eau sainte a coulé sur mon front ;
La grâce, en ce moment suprême,
De mon âme a lavé l'affront.

Je suis chrétien, j'ai Dieu pour père ;
A sa loi je veux obéir ;
Avec sa grâce salutaire,
Pour lui je veux vivre et mourir.

Je suis chrétien, je suis le frère
De Jésus-Christ, mon rédempteur;
L'aimer, le servir et lui plaire,
Fera ma gloire et mon bonheur.

Je suis chrétien, je suis le temple
De l'Esprit-Saint, du Dieu d'amour.
Celui que tout le ciel contemple
Possède mon cœur sans retour.

Je suis chrétien ! O sainte Église,
Je suis devenu votre enfant ;
Plein d'amour, d'une foi soumise
Je suivrai votre enseignement:

Je suis chrétien, j'ai pour bannière
La croix de mon divin Sauveur ;
Mes ennemis me font la guerre,
Mais je me ris de leur fureur.

Je suis chrétien, sur cette terre
Je passe comme un voyageur ;
Ici-bas tout n'est que misère,
Rien ne saurait remplir mon cœur.

Je suis chrétien ! O ma patrie,
Beau ciel, j'irai te voir un jour ;
En Dieu, je trouverai la vie,
La paix, le bonheur et l'amour.

N° 6   LE CHRÉTIEN.

Quelle nouvelle et sainte ardeur,
En ce jour transporte mon âme ?
Je sens que l'Esprit créateur
De son feu tout divin m'enflamme.

Refrain :

Vive Jésus ! je crois, je suis chrétien ;
Censeurs, je vous méprise.
Lancez, lancez vos traits, je ne crains rien,
Mon bras vainqueur les brise.

Il faut dans un noble combat,
Pour vous, Seigneur, que je m'engage :
Vous m'avez fait votre soldat,
Vous m'en donnerez le courage.

Du salut le signe sacré
Arme mon front pour ma défense ;
Devant lui l'enfer conjuré
Perdra sa funeste puissance.

Le mépris du monde insensé
Pourrait-il m'alarmer encore ?
Loin de m'en trouver offensé
Je sens aujourd'hui qu'il m'honore.

Dans sa fureur, l'impiété
Veut me ravir le Dieu que j'aime ;
Je veux, fort de la vérité,
Lui dire toujours anathème.

On a vu de faibles agneaux
Triompher de l'aveugle rage
Et des tyrans et des bourreaux :
Faible comme eux, Dieu m'encourage.

Enfant des généreux martyrs,
Puissé-je égaler leur constance,
Et trouver mes plus doux plaisirs
Au sein même de la souffrance.

A la mort fallut-il s'offrir,
Ou perdre hélas ! mon innocence :
Grand Dieu, je consens à mourir,
Ne souffrez pas que je balance.

Seigneur, à vos aimables lois,
Le grand nombre serait rebelle,
Que mon cœur constant dans son choix
Y serait encore plus fidèle.

Être à vous, c'est là notre honneur,
Divin conquérant de nos âmes ;
Vous servir est notre bonheur,
O céleste objet de nos flammes.

N° 7 LE CHRÉTIEN.

Refrain :

Armons-nous ; la voix du Seigneur,
Chrétiens, au combat nous appelle,
Ah ! voyez, voyez qu'elle est belle,
La palme promise au vainqueur !
Elle est si noble, elle est si belle
La palme promise au vainqueur.

Tout le cours de notre existence
N'est qu'un long et rude combat ;
L'homme ferme que rien n'abat
Seul obtiendra la récompense.

A l'aspect de notre courage,
L'enfer a frémi de courroux ;
Mille ennemis fondent sur nous,
Mais nous nous rions de leur rage.

Vain fantôme, idole fragile,
Trop funeste respect humain,
Tu nous menaces, mais en vain,
Nous tous soldats de l'Evangile.

Dans tes filets, ô monde impie,
Tu voudrais enlacer nos cœurs,
Empoisonner de tes erreurs
Le cours de toute notre vie.

Le bonheur qu'il promet sans cesse,
Pourra-t-il le donner jamais ?
Ses plaisirs ont d'amers regrets ;
Sa joie est une folle ivresse.

Du fond ténébreux des abîmes,
Entendez retentir ses fers !
Du cruel tyran des enfers,
Chrétiens, serons-nous les victimes ?

Armé de l'étendard des braves,
Jésus va précéder nos pas,
Et nous préférons les combats
Aux viles chaînes des esclaves.

Non, Seigneur, la horde ennemie,
Non, ses cris de vaines fureurs
Ne sauraient amollir nos cœurs,
Nous le jurons sur notre vie.

Oui, pour prix de notre victoire,
Le Dieu pour qui nous combattons,
S'apprête à couronner nos fronts
Des nobles lauriers de la gloire.

N° 8   LE CHRÉTIEN.

Refrain :

Marchons au combat, à la gloire,
Marchons sur les pas de Jésus,
Nous remporterons la victoire
Et la couronne des élus.

Pourquoi languir dans l'esclavage ?
Pourquoi traîner des fers honteux ?
Régner au ciel est le partage
Du chrétien brave et généreux.

De Jésus-Christ je suis le frère,
De l'Eternel je suis le fils ;
Mon cœur est plus grand que la terre :
Il me faut des biens infinis.

Les anges préparent des trônes
Au sein des célestes splendeurs ;
Je les vois tresser des couronnes
Pour ceindre les fronts des vainqueurs.

Au ciel, dans la gloire immortelle,
Je vois des parents, des amis ;
J'entends leur voix qui nous appelle ;
Bientôt nous serons réunis.

Faisons flotter à notre tête,
L'étendard sacré de la Croix ;
Volons, volons à la conquête
De l'empire du Roi des rois.

Guerre à Satan, esprit immonde !
Guerre à l'infâme volupté !
Guerre au mensonge, guerre au monde !
A Jésus-Christ fidélité !

O ciel, ô ma belle patrie,
Pour toi je dois vivre et mourir.
Pour toi, le reste de ma vie,
Pour toi jusqu'au dernier soupir !

N° 9   CANTIQUE DU SACRÉ-CŒUR.

Pitié, mon Dieu, que notre humble prière
Monte vers vous du sein des ateliers !
Maître des cieux, Roi des rois de la terre,
Soyez aussi le Dieu des ouvriers !

Refrain :

Dieu de clémence,
O Dieu vainqueur,
Sauvez Rome et la France
Par votre Sacré-Cœur.

Pitié, mon Dieu, pour nos malheureux frères
Que des méchants excitent contre vous ;
Dans votre sang éteignez leurs colères
Et jetez-les pleurants à vos genoux !

Pitié, mon Dieu, pour ceux dont le blasphême
D'un sang nouveau inonde votre front ;
Pardonnez-leur, Jésus, bonté suprême,
Les insensés ne savent ce qu'ils font.

Pitié, mon Dieu, pour l'ingrat qui se raille
De votre amour, de votre sainte loi,
Qui, le dimanche, insolemment travaille
Et, sous le joug, s'imagine être roi !

Pitié, mon Dieu, pour ces foules errantes,
Troupeaux perdus qui, loin du vrai pasteur,
Vont s'abreuver aux sources malfaisantes
Des voluptés, du vice et de l'erreur.

Pitié, mon Dieu, que votre règne arrive,
Que, votre nom soit partout respecté ;
Que sur la terre à vos lois attentive,
Tout obéisse à votre volonté !

Pitié, mon Dieu, soyez notre défense,
Contre celui qui nous hait sans retour,
Et donnez-nous, oubliant notre offense,
Le pain du jour et le pain de l'amour !

Pitié, mon Dieu, par votre sainte Mère,
Par saint Joseph, le royal charpentier !
De tous péchés et de toute misère
Délivrez-nous, ô Jésus-Ouvrier !

Nº 10   CANTIQUE DE JÉSUS-OUVRIER.

Quand Jésus vint sur la terre,
Ce fut pour y travailler ;
Il voulut, touchant mystère,
Comme nous être ouvrier.

Refrain :

Espérance
De la France,
Ouvriers, soyons chrétiens !
Que notre âme
Soit de flamme
Pour l'Auteur de tous les biens.

Le travail, ô divin Maître,
Est par vous transfiguré ;
L'atelier, tel qu'il doit être,
Vaut mieux qu'un palais doré.

Vous avez mis votre empreinte,
O Jésus, sur nos outils,
Et vous écoutez la plainte
Du dernier des apprentis.

Nous savons que le dimanche
Le travail doit s'arrêter,
Et lorsque notre âme est blanche,
Jésus vient la visiter.

Nous prions pour la Patrie,
Pour l'Eglise et pour son Chef.
Notre cœur est à Marie !
Notre cœur est à Joseph !

Nᵒ 11   L'ÉGLISE NOTRE MÈRE.

Sur la barque de Pierre,
Chrétiens, voguons en paix !
L'Eglise, notre mère,
Ne périra jamais.
Les orages du monde
Se déchaînent en vain :
Que la tempête gronde ....
Il fera beau demain.

Refrain :

Sur la barque de Pierre,
Chrétiens, voguons en paix !
L'Eglise, notre mère,
Ne périra jamais.

Jésus, plein de sagesse,
Est debout sur le pont ;
Il tiendra sa promesse,
Son sang nous en répond.
Toujours poussés au large,
Les démons courroucés
Reviennent à la charge...
Les voilà dispersés !

Plus d'un roi de la terre,
Saisi d'un fol orgueil,
A dit dans sa colère :
Je deviendrai l'écueil !
Mais il suffit d'un signe
Du Maître tout-puissant,
Le serviteur indigne
Rentre dans son néant.

Les fauteurs d'hérésies
Ont passé tour à tour ;
Leurs basses jalousies
S'éteignent au grand jour.
Arius et tant d'autres
Se sont évanouis :
Le Prince des apôtres
Règne sur leurs débris.

En avant ! la victoire
Est le prix des combats.
Au ciel sera la gloire,
L'épreuve est ici-bas.
Au delà des étoiles
Par un dernier effort,
L'Eglise à pleines voiles
Entrera dans le port.

N° 12   HYMNE DE SAINT CASIMIR.

Unis aux concerts des anges,
Aimable reine des cieux,
Nous célébrons tes louanges
Par nos chants mélodieux.

Refrain :

De Marie
Qu'on publie
Et la gloire et les grandeurs !
Qu'on l'honore,
Qu'on l'implore,
Qu'elle règne sur nos cœurs !

Auprès d'elle la nature
Est sans grâce et sans beauté,
Les cieux même sans parure,
L'astre du jour sans clarté.

C'est le lis de la vallée
Dont le parfum précieux
Sur la terre désolée
Attira le roi des cieux.

C'est l'auguste sanctuaire
Que le Dieu de majesté
Inonda de sa lumière,
Embellit de sa beauté.

C'est la Vierge incomparable
Gloire et salut d'Israël,
Qui pour un monde coupable
Fléchit le courroux du ciel.

C'est la Vierge, c'est Marie :
Dans ce nom que de douceur !
Nom d'une mère chérie,
Nom, doux espoir du pécheur.

Ah ! vous seuls pouvez nous dire,
Mortels qui l'avez goûté,
Combien doux est son empire,
Combien grande est sa bonté !

Qui, jamais de la détresse
Lui fit entendre le cri,
Et n'obtint de sa tendresse
Sous son aile un sûr abri ?

Vous qui d'un monde perfide
Craignez les puissants appas,
Si Marie est votre égide,
Vous ne succomberez pas.

En vain l'enfer en furie
Frémirait autour de vous ;
Si vous invoquez Marie,
Vous braverez son courroux.

Oui, je veux, ô tendre Mère,
Jusqu'à mon dernier soupir
T'aimer, te servir, te plaire,
Et pour toi vivre et mourir.

N° 13   AVE MARIA.

Refrain.

Ave, ave, ave Maria !
Ave, ave, ave Maria !

Les Saints et les Anges
En chœurs glorieux
Chantent vos louanges,
O Reine des cieux !

O Vierge Marie !
A ce nom si doux,
Mon âme ravie
Chante à vos genoux.

Comme au temps antique
Chanta Gabriel ;
Voici mon cantique,
O Reine du ciel !

Devant votre image
Voyez vos enfants ;
Agréez l'hommage
De nos cœurs brûlants.

Soyez le refuge
Des pauvres pécheurs ;
O Mère du juge
Qui sonde les cœurs !

Loin de la patrie
Guidez le soldat ;
Protégez sa vie
Au jour du combat.

De la tendre mère
Calmez les soucis ;
En vous elle espère,
Rendez-lui son fils.

Vous de l'innocence
L'aimable soutien,
Prenez la défense
Du jeune orphelin.

Du pauvre qui pleure,
Exaucez les vœux :
A sa dernière heure
Montrez-lui les cieux.

Vierge, sous votre aîle
Heureux qui s'endort ;
Sa frêle nacelle
Vogue vers le port.

Nᵒ 14 CANTIQUE A N.-D. DU SACRÉ-CŒUR.

De la France ô sainte Patronne,
Notre-Dame du Sacré-Cœur,
Reine si puissante et si bonne,
Rends-nous la joie et le bonheur.

Refrain :

O Marie, ô mère chérie,
Garde au cœur des Bretons la foi des anciens jours
Entends du haut du ciel le cri de la patrie :
Catholique et Breton toujours !

Entends la voix de notre France ;
Écoute ses cris déchirants ;
O Vierge, sois son espérance ;
Rends ses étendards triomphants.

Donne à notre chère patrie
La paix, la gloire et le bonheur.
Tu la vois sanglante et flétrie ;
Calme ses maux et sa douleur.

Cœur de Jésus, soit notre égide ;
Ton peuple ne veut pas mourir :
Écrase un ennemi perfide ;
Empêche la foi de périr.

La Bretagne est toujours fidèle
A l'Église, au Pontife-Roi ;
Elle est à toi, veille sur elle ;
Garde lui son Christ et sa foi.

N° 15　　　A SAINT JOSEPH.

Volez, volez, Anges de la prière,
A Joseph au plus haut des cieux,
Offrez de notre amour sincère
Les accents, l'hommage et les vœux.

Joseph, comme nous sur la terre,
Tu gémis, tu versas des pleurs ;
Que l'aspect de notre misère
Sur nous attire tes faveurs.

Aux jours de ton humble carrière
Comme nous tu fus ouvrier,
Tu vois nos maux, notre misère,
Joseph, peux-tu nous oublier ?

Nous le savons, ta main dispense
Les biens du Monarque des cieux ;
Celui dont tu gardas l'enfance
T'a confié les malheureux.

Que de fois ce Dieu tout aimable,
Ô Joseph, sur ton noble cœur
Inclinant sa tête adorable,
Du repos goûta la douceur !

Et maintenant, de la tendresse
Heureux de suivre encore les lois,
D'accorder sa grâce il s'empresse
Quant tu fais entendre ta voix.

Réponds à notre confiance,
Parmi nous conserve à jamais
Avec la fleur de l'innocence
Les charmes si doux de la paix.

Le monde de sa folle ivresse
Nous offre les trompeurs appas ;
Brise sa coupe enchanteresse,
De ses pièges garde nos pas.

Fais qu'aux fruits d'une paix sincère
Nous sachions unir la vigueur,
Pour combattre dans la carrière
Toujours fidèles au Seigneur.

Et s'il nous faut en cette vie
Subir tous les genres de maux,
Que de Jésus, que de Marie,
L'amour soutienne nos travaux !

Quand sonnera l'heure dernière,
Saint patron de la bonne mort,
Du triste exil de cette terre
Daigne encore nous conduire au port.

Que près de toi, près de Marie,
Au pied du trône de Jésus,
Nous jouissions dans la patrie
Du bonheur promis aux élus !

Nº 16   CANTIQUE A SAINTE ANNE.

Pour montrer à la terre
Que nous croyons au ciel,
Notre Bretagne est fière
D'entourer ton autel.
Quand l'erreur se déchaîne
Pour vaincre notre foi,
Puissante Souveraine
Nous espérons en toi.

Refrain :

Sainte Anne, ô bonne mère,
Toi que nous implorons,
Entends notre prière
Et bénis tes Bretons.

Protège le Saint-Père,
Dont le cœur humble et grand,
Souffre sur le Calvaire,
Comme Jésus mourant.
Fais que la sainte Église
Répande en liberté,
Sur la terre soumise,
L'auguste vérité.

Rends à la noble France
Sa gloire d'autrefois ;
Fais grandir sa puissance
A l'ombre de la Croix.
Que le monde redise,
En tout temps, en tout lieu :
La Fille de l'Église
Est le soldat de Dieu.

Ta tendresse accompagne,
Au milieu des combats,
Les marins de Bretagne
Et nos braves soldats.
Quand, vaincue et meurtrie,
La France combattait,
O Patronne chérie,
Ton bras les défendait.

Ta Fille Immaculée,
Qui triomphe en ce jour,
A notre âme troublée
Sourit avec amour.
Dis-lui notre misère,
Afin que sa bonté
Fléchisse la colère
De Jésus irrité.

O Reine de la France,
O Mère des Bretons,
Voyez notre souffrance ;
A vos pieds nous pleurons.
O sainte Anne, ô Marie,
Nos vœux montent vers vous :
Sauvez notre patrie,
Priez, priez pour nous !

N° 17   **TE SOUVIENS-TU.**

Te souviens-tu, digne enfant de la France,
Brave ouvrier, courageux travailleur,
Te souviens-tu qu'au jour de ta naissance
Tu fus offert au temple du Seigneur ?
La sainte Église au nom du Dieu qui t'aime,
Te fit chrétien malgré Satan vaincu,
Et sur ton front versa l'eau du baptême.
Enfant de Dieu, dis-moi t'en souviens-tu ?

Te souviens-tu qu'à la Vierge Marie,
Dès le berceau, ton cœur fut consacré,
Et qu'à l'aimer durant toute la vie,
Comme un vrai fils, tu restes engagé ?
Te souviens-tu que mourant au Calvaire,
Pour tes péchés, à la croix suspendu,
Jésus a dit : « Enfant voici ta mère ! »
Dis-moi, Chrétien, dis-moi, t'en souviens-tu ?

Te souviens-tu de cette heure bénie,
Où de Jésus, accomplissant les lois,
Tu le reçus dans son Eucharistie,
Heureux enfant, pour la première fois ?
O jour sacré ! ô pure et sainte ivresse !
Amour divin qu'êtes-vous devenu ?
Dieu se souvient de ta sainte promesse,
Mais toi, Chrétien, dis-moi, t'en souviens-tu ?

Te souviens-tu que l'huile du saint Chrême
Marqua ton front du signe des élus,
Et que l'évêque, envoyé de Dieu même,
Te confirma dans l'amour de Jésus ?

Ah ! garde bien, au sein d'un monde impie,
Le Saint-Esprit dans ton cœur descendu !
Gagner le ciel, c'est là toute la vie.
Soldat de Dieu, dis-moi, t'en souviens-tu ?

Te souviens-tu de ces amis d'enfance,
Gais compagnons de travail et de jeu,
Qui, moissonnés dès leur adolescence,
Avant le temps ont paru devant Dieu ?
Leur jugement fut-il doux ou sévère ?
En vrais chrétiens tous avaient-ils vécu ?
Tu dois comme eux t'en aller en poussière.
Tu dois mourir, dis-moi, t'en souviens-tu ?

Te souviens-tu..., mais ici ma voix tremble,
Car je n'ai plus que d'amers souvenirs ;
Pauvre pécheur, viens et pleurons ensemble
Sur un passé de coupables plaisirs.
Il fut un jour de deuil et de misère,
Enfant prodigue aujourd'hui revenu,
Où tu quittas ton Sauveur et ton Père.
Dis-moi, Chrétien, dis-moi, t'en souviens-tu ?

Ah ! désormais reste toujours fidèle
A Jésus-Christ, le divin Rédempteur,
Afin qu'au jour de la vie éternelle
Tu sois admis au banquet du Seigneur.
Qu'il sera beau ce jour où Dieu lui-même
T'accordera le bonheur qui t'est dû,
Et te dira dans sa bonté suprême :
« Je l'ai promis, Chrétien, t'en souviens-tu ? »

N° 18   **LE CREDO.**

Credo in unum Deum, Patrem omnipoten-
tem, factorem cœli et terræ, visibilium omnium
et invisibilium ;

Et in unum Dominum Jesum-Christum, Fi-
lium Dei unigenitum ;

Et ex Patre natum, ante omnia sæcula ;

Deum de Deo, lumen de lumine, Deum ve-
rum de Deo vero ;

Genitum non factum, consubstantialem Patri ;
per quem omnia facta sunt ;

Qui propter nos homines et propter nostram
salutem descendit de cœlis;

Et incarnatus est de Spiritu-Sancto ex Maria
Virgine, ET HOMO FACTUS EST.

Crucifixus etiam pro nobis sub Pontio-Pilato,
passus et sepultus est ;

Et resurrexit tertia die, secundum scriptu-
ras ;

Et ascendit in cœlum, sedet ad dexteram
Patris ;

Et iterum venturus est cum gloria judicare
vivos et mortuos ; cujus regni non erit finis.

Et in Spiritum-Sanctum Dominum et vivificantem, qui ex Patre Filioque procedit ;

Qui cum Patre et Filio simul adoratur, et conglorificatur ; qui locutus est per Prophetas.

Et unam sanctam catholicam et apostolicam Ecclesiam.

Confiteor unum baptisma in remissionem peccatorum,

Et exspecto resurrectionem mortuorum, et vitam venturi sæculi. Amen.

N° 19   MAGNIFICAT.

Magnificat, anima mea Dominum ;

Et exsultavit spiritus meus, in Deo salutari meo.

Quia respexit humilitatem ancillæ suæ ; ecce enim ex hoc beatam me dicent omnes generationes.

Quia fecit mihi magna qui potens est : et sanctum nomen ejus.

Et misericordia ejus a progenie in progenies timentibus eum.

Fecit potentiam in brachio suo ; dispersit superbos mente cordis sui.